Traducción al español: Pula Vicens
© 2001, Editorial Corimbo por la edición en español
1ª edición, mayo 2001
© 1999, l'école des loisirs, París
Título de la edición original: «J'attends un petit frère»
Impreso en Italia por Editoriale Lloyd, Trieste

Marianne Vilcoq

Espero un hermanito

Editorial Corimbo

Barcelona

Mamá dice:
— María, vas a tener
un hermanito.

– ¿Estás contenta?

—¡No, no quiero tener una barrigota como la tuya!

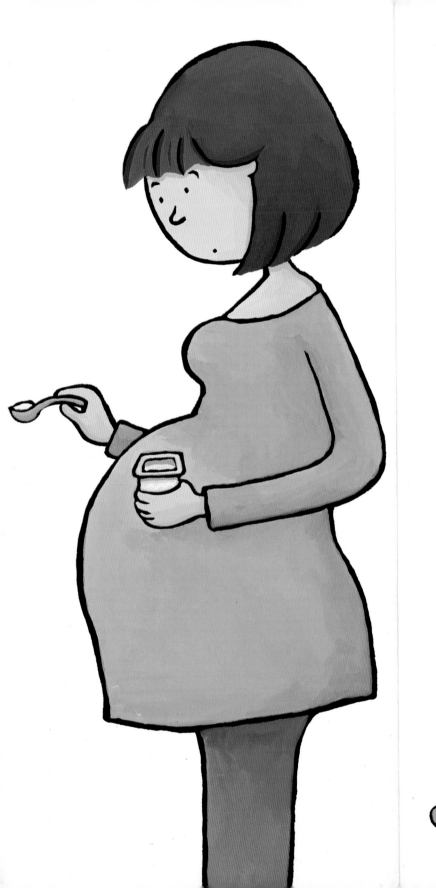

María piensa:
— Yo también soy
un bebé.

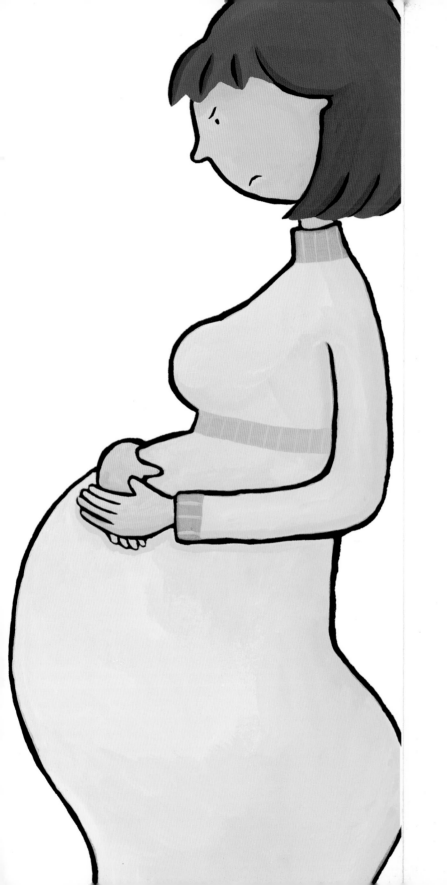

—Se tarda un montón en tener un hermano, ¿no?

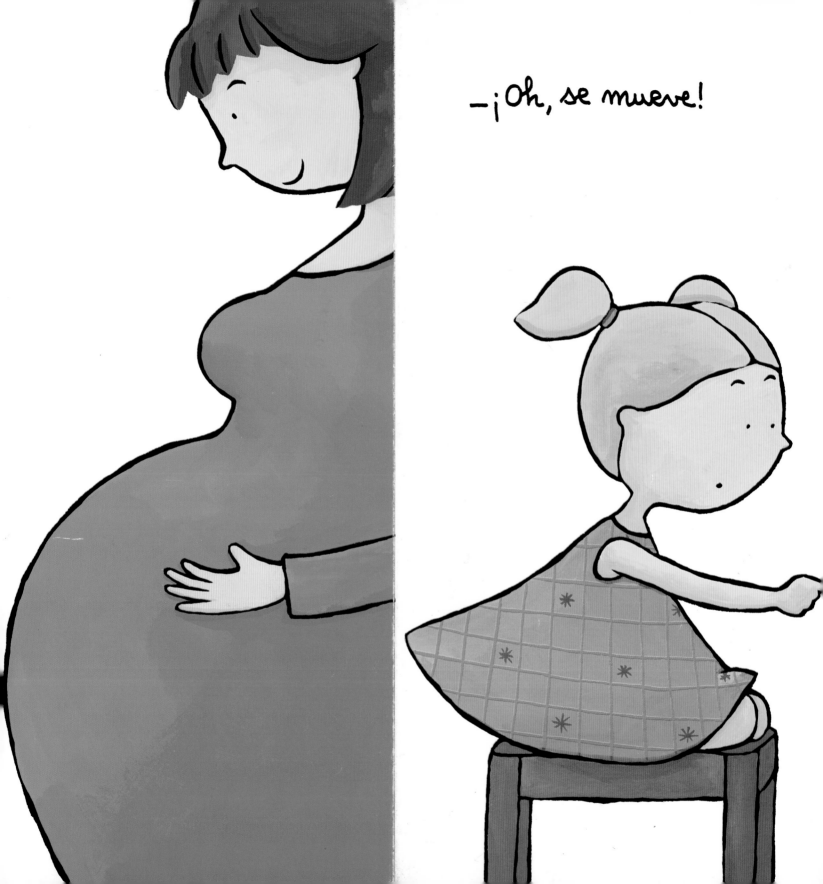

—¡Oh, se mueve!

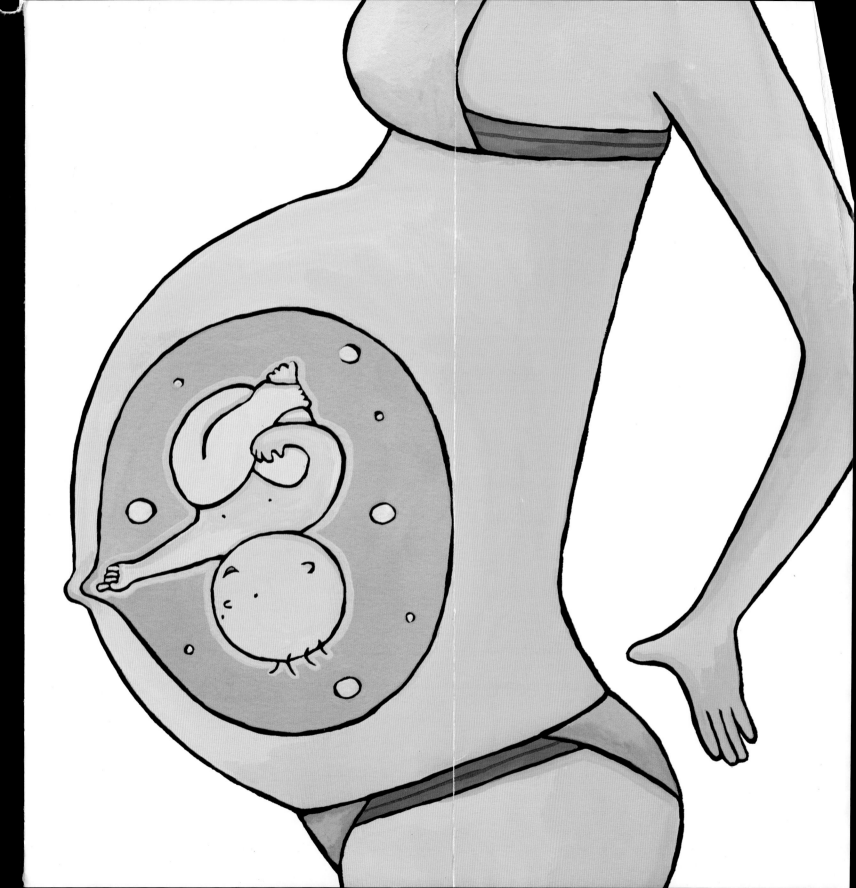

María está muy contenta.
— Hermanito, ven ya
si quieres.

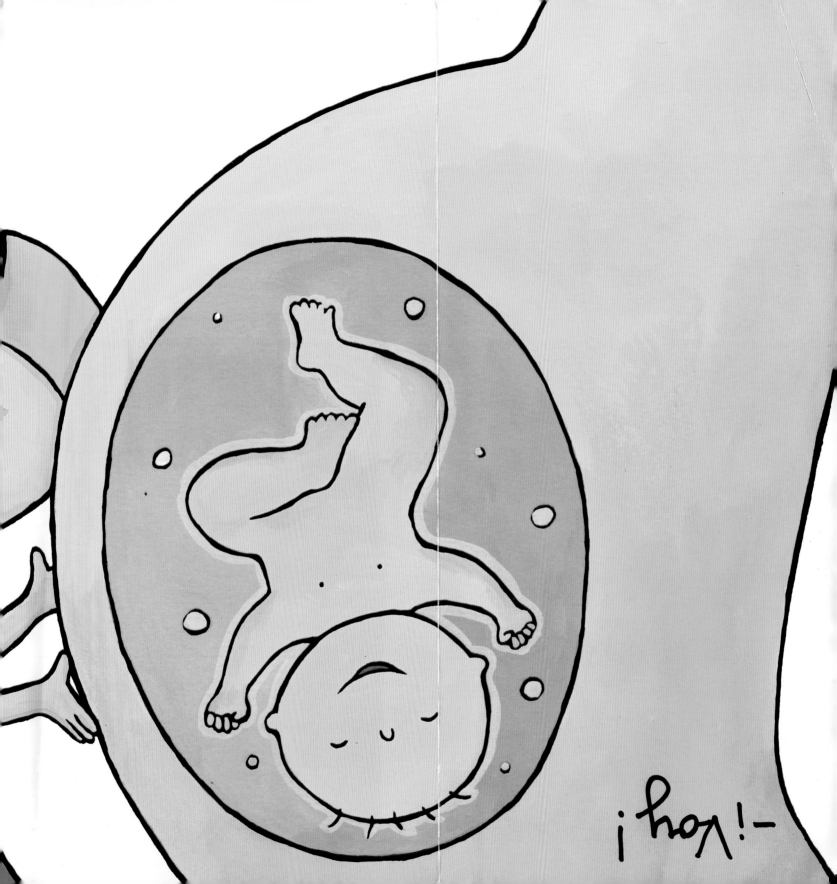